AF468316

CURE

MERVEILLEUSE

MOYEN SIMPLE

IMPRIMERIE TYPOGRAPHIQUE DE H. ROBIN
A LA CHATRE (INDRE)

—

1878.

CURE MERVEILLEUSE

MOYEN SIMPLE

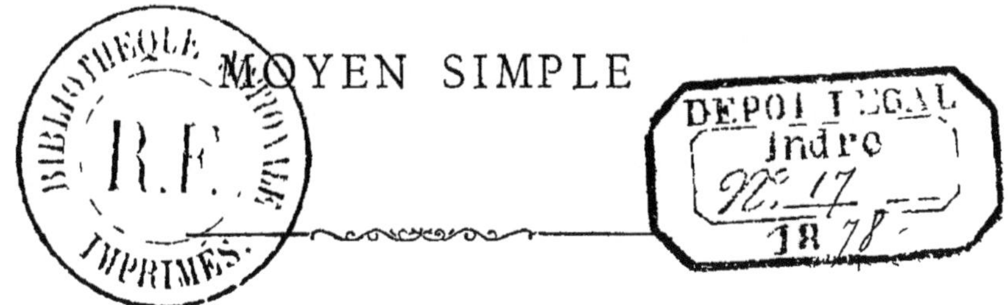

« Tout bienfait mérite reconnaissance » dit Sénèque. Aussi ne devra-t-on pas s'étonner si j'ose livrer à l'impression un récit qui ne sera peut-être qu'ébauché, mais dont le sens sera parfaitement compris par les esprits sérieux auxquels je m'adresse. Ce n'est point le désir de paraître qui m'a poussé à raconter cette cure merveilleuse opérée par l'hydrothérapie; ce n'est pas non plus dans le but de montrer un talent littéraire dont je ne me crois pas le possesseur. La seule intention de mettre en pratique la belle maxime d'un philosophe païen m'a décidé à écrire un fait que je désire faire connaître non-seulement à mes parents, à mes amis, mais aussi à ceux qui seraient incrédules inconscients envers l'hydrothérapie ou qui méconnaîtraient sciemment les prodiges qu'elle opère en faveur de ses sujets. Oui, c'est pour être reconnaissant à l'hydrothérapie ét pour témoigner ma sincère gratitude à l'excellent M. Guettet, médecin en chef de l'établissement hydrothérapique que j'écris cette narration. C'est moi-même qui ai été guéri et c'est moi-même qui raconterai ma guérison. Mon nom je le tairai, ma profession je la cacherai; je serai un inconnu pour le monde, mais ces pages seront pour les malades un écho fidèle de l'influençe puissante de l'hydrothérapie, un attrait séduisant pour ceux qui ont ruiné déjà en grande partie leurs organes par l'absorption de toutes sortes de drogues, et en même temps un témoignage solide et convaincant à l'adresse des hanti-hydropathes.

I

Avant de commencer ma narration, il sera nécessaire du moins utile de dire dans un aperçu succinct quelques mots de Saint-Seine.

Ce village à 26 kilomètres de Dijon, dans cette partie de la Bourgogne appelée par les touristes *Suisse-Bourguignonne,* se compose de sept cents âmes environ et est situé dans un vallon fertile et souriant. Au milieu s'élève majestueusement une magnifique église abbatiale, aujourd'hui église de paroisse, bâtie au XIVe siècle. Ce monument faisait autrefois partie d'une abbaye, fondée en 525 par Sequanus, fils du comte de Mémont et détruite par le vandalisme de 93. De nos jours, il ne reste de cette abbaye que de faibles débris. Le bâtiment principal de l'établissement hydrothérapique est un des plus beaux restes que la Révolution ait respecté. Il porte noblement son fronton avec l'écusson et la couronne des rois de France; la porte d'entrée de ce bâtiment donne sur une pelouse verdoyante, couronnée par un large bassin d'où s'élance un élégant jet d'eau. A droite se trouve une allée très-spacieuse, ombragée par de vieux tilleuls sous lesquels autrefois se promenaient les moines. Cette allée fait le tour du parc mais en se rétrécissant et vient rejoindre la cour des cloîtres qui existent entre le bâtiment abbatial et la basilique. Au centre de la cour jaillit la fontaine plusieurs fois séculaire appelée *Fontaine Saint-Marc*. Enfin aux deux extrémités on aperçoit les nombreuses portes et fenêtres donnant jour aux salles et aux appareils hydrothérapiques.

C'est là que les goutteux, les perclus de rhumatismes, les obèses, les nerveux, en un mot tous les baigneurs affectés de diverses maladies viennent, les uns recouvrer l'usage de leurs membres engourdis depuis un certain nombre d'années, les autres le fonctionnement de leurs organes digestifs; ceux-ci la diminution d'un embonpoint devenu, hélas ! pour eux d'une gêne fâcheuse; ceux-là le calme de leur système nerveux. C'est aussi dans ce charmant pays, riche en air et en eau que l'on vient terminer le rétablissement d'une guérison inachevée dans une saison antérieure, et c'est là, à Saint-Seine, que j'ai trouvé une guérison complète. Écoutez d'ailleurs ma narration; elle sera simple mais convaincante, « *esto simplex sed bonus* ».

II

Depuis quinze jours je me plaignais de ne pouvoir pas reposer seulement deux minutes d'un sommeil paisible pendant la nuit, lorsque le médecin fut appelé. Ce dernier en m'cxaminant remarqua chez moi une grande surexcitation nerveuse, accompagnée d'une espèce de fièvre qui me donnait d'affreux cauchcmars, et m'ayant demandé si je n'avais pas forcé mon esprit dans mes travaux intellectuels, je fus obligé de lui avouer la vérité. Je ne pouvais plus le cacher, car depuis que je ne dormais point, j'avais fatigué ma tête, déjà très-lassée par l'absence complète de sommeil. Il m'ordonna alors du laurier-cerise. Pendant cinq jours consécutifs ce remède resta sans effet. Le médecin vint me voir au bout de huit jours; mon état de surexcitation n'avait pas diminué; j'étais au contraire de plus en plus agité et le moindre bruit me faisait sauter comme si j'avais été mu par un ressort. En conséquence, il changea ses prescriptions et m'ordonna de prendre quatre grammes de chloral-hydraté, gramme par gramme. C'était le 10 juin 1878. Je pris mes quatre grammes de demi-heure en demi-heure pendant la nuit. Le lendemain je fis une grande promenade depuis le matin jusqn'au soir dans le but de me briser, afin d'avoir un peu de sommeil. Cet exercice n'opéra plus de changement que le remède; seulement dans la journée du 11 juin, j'étais accablé comme un homme qui a besoin de dormir et qui cependant est tourmenté par quelque chose d'indéfinissable. Je fus vers neuf heures me promener dans le jardin où m'étant assis je ne tardai pas à m'endormir si profondément que je tombai à terre de mon banc sans me réveiller. Il faisait un soleil ardent. J'y restai exposé ainsi pendaut une heure, jusqu'à ce que l'on vint me tirer de ma léthargie. Je dus sans aucun doute avoir été maltraité par une insolation, car toute la fin de la journée j'eus la tête congestionnée. Je commençai alors à déraisonner. Dans l'aprés-midi étant allé prendre un peu de récréation dans le jardin j'ordonnai aux personnes qui m'entouraient « de monter cueillir des cerises sur un tilleul ». Explosion de rires! Cela ne m'étonne pas en effet. Le jour se termina assez tranquillement. Mais sur le soir j'inspirai de l'inquiétude car ma figure et mon cou étaient rouges comme un fer sortant de la forge. On me fit entrer dans ma chambre et on me laissa seul : comme je n'étais pas tout-à-fait maître de ma raison, je pris d'un seul coup la dose entière de chloral-hydraté au lieu d'en prendre un gramme seulement. Je fus aussitôt saisi de vertiges qui me surchargèrent la tête et je tombai à la renverse sur mon lit. M'étant mis à crier on vint sur le champ me porter du secours. Je demande de l'eau; l'eau seule peut amortir le feu dévorant qui cuisait ma pauvre tête. Oh! que je souffrais alors! On me mit une compresse d'eau fraîche sur le front et à dater de cet instant je perdis connaissance. Pendant le temps de cette première et terrible crise qui dura deux heures, six hommes vigoureux pouvaient à peine se rendre maître de moi. Le médecin fut appelé aussitôt et constata que j'avais eu une congestion cérébrale, provoquée par l'insolation de la journée et par la trop grande quantité de chloral-hydraté que j'avais avalé imprudemment. Depuis ce jour ma raison demeura altérée. Chaque jour j'avais ordinairement deux et trois crises d'une durée de demi-heure. Il me serait impossible de dire exactement ce qui se passait à ce moment; je l'ignore parce que je ne me souvenais d'aucun fait, ni d'aucune parole lorsque mes crises étaient terminées. Il me fallait au moins vingt minutes pour reconnaître, d'aprés ce que j'ai appris, les visages qui m'environnaient et c'était surtout alors que je disais des choses dont on ne peut se faire une idée et dont j'étais moi-même le premier à rire. Je souffris ainsi pendant un mois sans que ma santé s'améliorât, jusqu'au 11 juillet, époque où l'on me prescrivit les bains hydrothérapiques de l'établissement du docteur Guettet.

J'y ai été subir un traitement de trois mois et je puis affirmer hautement, sans crainte d'être démenti que depuis mon arrivée à Saint-Seine je n'ai plus eu de crises et que mon esprit se trouve maintenant libre de toute affection désordonnée des organes. Ma dernière crise a éclaté le jour où je me suis rendu à l'établissement. A partir de cette époque une seule crise a menacé, mais a été conjurée sur le champ par des applications humides durant deux heures et demie. Ma santé dès lors s'est améliorée de plus en plus et continue à se maintenir dans un équilibre trés-satisfaisant. C'est un véritable plaisir de me voir joyeux, mangeant avec bon appétit et faisant de grandes courses avec les autres baigneurs à travers les beaux pays environnants, tels que le val Suzon, le val Courbe, les sources de la Seine et de l'Ignon. Oh ! comme on se trouve à l'aise dans cette maison chérie ! L'esprit de famille qui règne parmi tous les baigneurs fait croire aisément que l'on est au milieu de parents ou d'anciens amis; les soins attentifs du dévoué et habile docteur Guettet sont bien propres à rassurer les malades ordinairement inquiets, de sorte qu'à Saint-Seine on recouvre non-seulement la santé du physique mais aussi celle du moral. On a pu en juger par ce que je viens de raconter de moi-même; peut-être cela ne suffira-t-il pas ? Aussi me permettra-t-on d'ajouter d'autres observations importantes où seront relatés des faits notoires et qui seront aussi une éloquente démonstration de la valeur de l'hydrothérapie.

PREMIÈRE OBSERVATION

DYSSENTRIE AIGUE

Après six semaines de durée opiniâtre, rebelle à tous les moyens ordinaires de la médecine, M. Petrot, maire de Saint-Seine à cette époque, pria le docteur Guettet au nom de l'amitié de ne le pas laisser mourir. Il était arrivé à une extrême maigreur, ne se soutenait plus sur les jambes et ne pouvait plus parler à haute voix, lui qui était autrefois d'une vigueur rare et d'une voix de stentor. « En l'acceptant je fis acte, dit le docteur, » de dévouement. Quelqu'un dans le pays me » témoigna du souci pour ma réputation que je » compromettais sans motif, parce que le malade » était hors de ressource. » Au bout de trois mois M. Pétrot se portait bien et avait repris quarante livres, (vingt kilogs. de son poids qu'il avait perdu en six semaines.)

Ce que j'affirme est parfaitement d'accord avec les renseignements des personnes qui ont vu et connu M. Pétrot. M. Mony de Cestres un de ses amis qui l'a suivi continuellement durant sa maladie m'a assuré que M. Pétrot était dangereusement malade et que si on avait attendu quinze jours de plus, il aurait certainement succombé à ses souffrances. Trois mois aprés le malade était parfaitement rétabli et ne ressentait aucune douleur intérieure.

DEUXIÈME OBSERVATION

GOUTTE

M. Lebelin de Dione, capitaine en retraite était goutteux à l'état chronique depuis dix ans. C'était pour lui un pénible chagrin, car ne pouvant plus marcher, il était privé de la chasse, son plaisir par excellence. En 1846 il vint faire à Saint-Seine une saison très-fructueuse, et en 1847 il recommença pour la seconde et dernière fois le même traitement et recouvra l'usage de ses facultés locomotrices, de telle sorte que M. Lebelin de Dione à l'âge de soixante ans faisait à pieds vingt-six kilomètres par monts et par vaux de Saint-Seine à Dijon, emportant sur son dos son fusil et toutes ses munitions de chasse.

TROISIÈME OBSERVATION

FIÈVRE TYPHOIDE, DÉLIRE, SYMPTOMES ATAXO-DYNAMIQUES, FAIBLESSE EXTRÊME, ÉVACUATIONS ALVINES.

Marie Déher, de Saint-Seine, âgée de dix ans, était alitée. Elle fut remise par sa mère entre les mains de M. le docteur Guettet et après quinze jours de traitement, la petite malade allait déjà beaucoup mieux; l'agitation était tombée, elle était tranquille toutes les nuits et sommeillait une partie du jour. Le seizième jour elle pût se lever une heure à la suite de sa première lotion; le lendemain une heure après chaque lotion.

Enfin le vingt-un-unième jour elle fût parfaitement guérie. Des autres enfants ou grandes personnes qui furent atteints de cette maladie à la même époque, qui présentaient des symptômes bien moins intenses et qui n'eurent pas recours à l'hydrothérapie, les unes moururent, les autres ne se remirent qu'après cinq, six et sept semaines et furent longtemps languissantes. Marie Déher ne fut sauvée que par l'hydrothérapie.

QUATRIÈRE OBSERVATION

FIÈVRE INTERMITTENTE SUBSTITUÉE A UNE FIÈVRE TYPHOIDE APRÈS UN TRAITEMENT MÉTHODIQUE *(secundum artem)* DE CETTE DERNIÈRE.

Il s'agit d'un M. Malaclet, maire de Daix, près Dijon. Cette fièvre intermittente résista pendant huit ans aux moyens ordinaires appliqués par un praticien fort capable, M. Remy, de Plombières-les-Dijon. M. Malaclet commença à Saint-Seine le traitement hydrothérapique le 1er juillet 1875 et le cessa le 31 juillet. Le laps de ce mois suffit à le guérir radicalement et sa fièvre n'a plus reparu.

CINQUIÈME OBSERVATION

RHUMATISME CHRONIQUE

Adèle Favier souffrait depuis quatorze ans de rhumatismes articulaires qui occupaient alternativement l'un ou l'autre genou et quelque fois les articulations coxo-fémorales. La marche était extrêmement pénible, parfois impossible. Elle fût adressée à l'établissement de Saint-Seine, par le docteur Serrand, de Châlons-sur-Saône. En deux fois six semaines elle éprouva un tel changement qu'elle allait et venait sans la moindre gêne, sans le moindre ressentiment de son mal passé. Le docteur Serrand écrivait à ce sujet au docteur Guettet un mois après qu'elle eût terminée son traitement : « Votre malade Adèle est dans une » joie et une reconnaissance inexprimables; elle » prône partout l'hydrothérapie et contribuera » certainement à la répandre dans notre ville. »

J'ai lu moi-même la lettre du docteur Serrand et je puis affirmer qu'elle est parfaitement en rapport avec tous les renseignements que j'ai eus à ce sujet.

SIXIÈME OBSERVATION

RHUMATISME SCIATIQUE

Depuis trois ans, M. Guillaume, entrepreneur au chemin de fer à Blaisy, éprouvait des douleurs rhumatismales erratiques qu'on traitait par des vésicatoires volants et par les eaux de Bourbonne, mais dont les effets ne se ressentaient pas. Ces douleurs permanentes plus fortes la nuit que le jour, dans le trajet du nerf sciatique, augmentaient d'intensité par les variations atmosphériques. M. Guillaume vint alors essayer le traitement à Saint-Seine, d'après l'avis d'un médecin de Dijon. Après trois jours il était parfaitement guéri. Voici un trait saillant de cette cure : Un matin M. Guillaume, en compagnie du docteur Guettet et de plusieurs autres baigneurs, partit en promenade par un temps magnifique digne du mois d'août. On était cependant en novembre. Il se rencontra sur leur passage un fossé à franchir. M. le docteur Guettet sauta le premier et tous, à l'exception de M. Guillaume l'imitèrent. Le malade qui depuis trois ans ne marchait qu'en tâtonnant, craignait de s'exposer à une de ces atroces douleurs dont il avait été saisi tant de fois par des mouvements imprudents. Il fallût qu'on l'engageât et le saut s'exécuta le mieux du monde. Dans la joie de ce résultat inopiné M. Guillaume sauta et ressauta le même fossé à plusieurs reprises, enchanté d'avoir recouvré son ancienne agilité. Toute la promenade il s'amusait à franchir les rigoles, les pierres et les tertres qu'il rencontraient. La fin de sa saison étant arrivée, M. Guillaume s'en retourna à Fauverney, son pays natal, tout proche de Dijon.

Voici une aventure fort singulière qui lui arriva et que je ne puis passer sous silence à cause de sa curiosité. Quelques temps après son arrivée, comme il se trouvait avec ses parents et ses amis à une fête de réjouissance, après le repas on se moqua de lui, l'ayant vu boire de l'eau en pleine Bourgogne. M. Guillaume riposte en plaisantant, les quolibets volent de part et d'autre. L'ancien malade finit par dire aux quatre plus forts de la société : « Eh bien, moi qui bois de l'eau, je vous » convie à venir dans la plaine à tel endroit, vous » verrez ce que je sais faire ». La partie est acceptée, la foule suit; on croit à une lutte à coups de poings. Au lieu désigné qui était traversé par la rivière d'Ouche, M. Guillaume se déshabille, entre dans la rivière, la passe à la nage, revient, la traverse une seconde fois et en sort. Puis il s'habille et grimpe lestement à un arbre pour se réchauffer. Le tout en décembre. Il dit alors à ses amis ébahis : « Eh bien, puisque le vin réchauffe » et donne des forces et que vous en avez l'esto- » mac plein, vous pouvez bien vous baigner » comme moi; voyons qui sera le plus brave ? » Personne n'osa tenter cet essai. On fut émerveillé non-seulement de lui voir braver le froid sans grelotter mais bien plus encore de voir cet homme, perclus depuis trois ans, avoir repris l'aisance et la force de ses mouvements. Pour lui qui se plongeait tous les jours dans une piscine d'eau froide, ce tour n'était qu'un exercice ordinaire et un jeu.

M. Guillaume a achevé sa guérison sans entrave et sa santé a continué depuis à être florissante.

SEPTIÈME OBSERVATION

RHUMATISME DES ENVELOPPES DE LA MOELLE ÉPINIÈRE

M. Lobrot, maréchal-ferrant à Saint-Seine, âgé de vingt-huit ans, souffrait depuis longtemps de douleurs rhumatismales à la moëlle épinière et était incapable de faire des travaux même peu pénibles, lorsqu'on lui ordonna de prendre les eaux à l'établissement du docteur Guettet.

Pendant quatre mois consécutifs, M. Lobrot suivit très-exactement le traitement hydrothérapique, et, ce temps écoulé, il se sentit mieux. Alors il commença à se mettre au travail. Tous ses parents et ses amis étaient dans l'admiration de le voir, lui auparavant si impotent, ferrer des roues de voiture avec la même force et la même souplesse d'un vigoureux jeune homme qui n'aurait jamais été atteint de douleurs semblables. J'ai questionné M. Lobrot et je puis assurer que tout ce que je rapporte est conforme à son propre récit.

HUITIÈME OBSERVATION

GASTRALGIE, OBÉSITÉ

Lorsque Mme M... arriva à Saint-Seine, son corps avait atteint une grosseur énorme. Elle pesait deux cent une livres à l'âge de vingt-six ans et était malgré cela très-faible, car pour diminuer son embonpoint elle mangeait fort peu et encore ses aliments ne se composaient-ils que de cornichons et de crudités, qui lui délabraient l'estomac. Au moment de son départ en 1862, elle ne pesait que cent soixante-quatorze, c'est-à-dire vingt-sept livres de moins et digérait plus facilement ses repas. En 1863 Mme M... revint compléter sa cure; après un mois et vingt-six jours son poids n'était que de cent quarante livres. Étant allée à Beaune en 1871 où habite présentement Mme M... et M. le docteur Guettet lui fit une visite. Sa santé était parfaite et elle a la satisfaction d'être restée au poids de cent quarante livres qu'elle préfère à son ancien.

NEUVIÈME OBSERVATION

CRISES NERVEUSES

Mme D..., de Troyes, souffrait depuis huit ans. Ses crises nerveuses étaient devenues de plus en plus aiguës depuis deux ans; elle vint à Saint-Seine au mois de juin 1878 subir le traitement hydrothérapique. Je l'ai vue moi-même à l'époque où je me guérissais aussi. J'ai été témoin occulaire des cinq crises nerveuses qu'elle avait chaque jour, et j'ai pu me rendre compte par mes propres yeux des progrès de sa santé qui s'est améliorée, si avantageusement dans l'espace de trois mois que j'affirme qu'à l'époque de son départ elle n'avait plus de crises. Cette jeune dame en était dans une joie dont elle se rendait à peine maîtresse parfois.

DERNIÈRE OBSERVAVATION

PLEURO-PNEUMONIE

Le prince A..., à l'âge de huit ans, avait été affecté d'une pleuro-pneumonie dont les traces malheureuses avaient réagi de proche en proche sur l'organisme entier. Sous cette dépression maladive le jeune prince était tombé dans l'apathie et dans une sorte de marasme physique et moral. Le royal malade vint en 1869 passer une saison de trois mois à Saint-Seine. Comme on pouvait s'y attendre la réparation organique rendit au moral l'expression de ses qualités naturelles. Aussi vit-on dans les derniers temps de la cure une amélioration très-progressive se produire. Le prince A... était plus gai dans les jeux et plus animé dans les conversations. Au moment de son départ, la sympathie des adieux témoigna de la grande cordialité qui existait entre le prince et les autres baigneurs. Pour témoigner sa reconnaissance, le prince A... revint au mois de décembre 1869 à Saint-Seine respirer quelques jours l'air pur qui l'avait ramené à la santé et remercier encore une fois le docteur Guettet dont il a gardé un très-bon souvenir.

III

Voici donc des faits bien éclatants et bien constatés, des faits qu'on pourrait citer en plus grand nombre, tant sont prodigieux les effets produits par l'eau; on en remplirait des volumes entiers si l'on voulait reproduire les moindres cures opérées par l'hydrothérapie, et cependant, chose étonnante à dire, ce remède si simple, ce remède qui, s'il ne guérit point subitement ou entièrement, du moins ne nuit pas comme les drogues, ce remède si simple, dis-je, n'a qu'une vogue hélas ! trop restreinte et n'attire sur lui qu'une attention fort médiocre en comparaison de ses précieuses propriétés. D'où vient donc ce manque de mise en scène ? Je crois que le principal motif est celui-ci : On ignore la valeur réelle et puissante de l'hydrothérapie ou on la relègue au dernier rang comme un moyen trop simple et n'ayant aucune action soit dans la réorganisation des organes, soit sur l'ensemble de la vie végétative de l'homme. Comment pouvez-vous me faire croire, me dira-t-on, qu'un rhumatisme par exemple ou une maladie de goutte puisse se guérir par l'eau ? N'ai-je pas été atteint de ce funeste mal en restant à l'humidité ? Pouvez-vous guérir par l'eau le mal que m'a causé l'eau ? Comment interprêtez-vous cet axiome, « *contraria contrariis curantur ?* » Pour répondre à votre objection, je pose d'abord une condition : si vous voulez être débarrassé de votre rhumatisme ne croyez pas pouvoir être votre médecin vous-même ; il vous faudra remettre entre les mains d'un praticien habile et expérimenté dans cet art, le soin de votre guérison, car sans cela vous seriez peut-être capable d'augmenter votre mal au lieu de le diminuer et par là de rendre tout remède entièrement inefficace. Vous ignorez ce que l'eau produit, appliquée à tel degré de froid ou de chaud, posée sur telle ou telle partie de votre corps, avec telle ou telle quantité, alors pourquoi vous arroger un droit qui appartient exclusivement à un praticien qui a pour lui l'expérience jointe à la science ? La seconde condition est celle-ci : vous devez vous délivrer de toute préoccupation, quitter votre famille, votre demeure et aller établir votre domicile dans quelque établissement renommé ; là sous les yeux d'un médecin qui suivra attentivement la diminution de votre maladie, vous mettrez très-scrupuleusement en pratique les prescriptions qu'on vous aura ordonnées, et surtout si un ou deux mois ne suffisent pas restez encore trois et quatre mois, et si ce laps de temps n'est pas assez long, ne craignez pas de prolonger votre séjour ou de revenir une autre année. Ne soyez pas égoïste, ne vaut-il pas mieux sacrifier deux saisons que de rester toute votre vie perclus de rhumatismes et incapable de vaquer librement aux affaires de votre état. J'ai connu à l'établissement de Saint-Seine, des personnes atteintes de douleurs rhumatismales, qui, dès le début de leur traitement commençaient à se désespérer en n'éprouvant pas presque aussitôt le soulagement auquel elles s'attendaient; mais quelle n'était pas leur satisfaction après deux et trois mois lorsqu'elles constataient elles-mêmes les résultats merveilleux qui les amenaient à une guérison complète. Et ces personnes jusqu'alors antipathiques de l'hydrothérapie revenaient l'année suivante achever leur guérison et n'en retournaient non-seulement guéries, mais encore avec une santé dont elles n'auraient certainement pu jouir si au lieu d'employer ce remède si simple elles avaient usé de médicaments plutôt offensifs que favorables.

Il serait donc à souhaiter, disons-le en terminant que l'hydrothérapie eût une vogue moins bornée, c'est-à-dire qu'elle ne fût pas employée par les uns et par les autres, sans aucune discrétion et chez soi; et que l'on s'en remit à cet effet à l'expérience d'un médecin plus habile que soi et surtout il serait à souhaiter que l'on connût davantage l'influence puissante de l'eau sur des maladies dont on ne croirait jamais se guérir par ce moyen, telles que les rhumatismes, la goutte, la gravelle, la fièvre, la pleurésie, l'épilepsie, les catarrhes et les débilités d'estomac. Pour cela, soyons-en persuadés, les hommes de l'art ne négligeront rien pour la propager et l'adopter plus généralement.

F. E.

LA CHATRE, IMPRIMERIE TYPOGRAPHIQUE DE H. ROBIN.

www.ingramcontent.com/pod-product-compliance
Ingram Content Group UK Ltd.
Pitfield, Milton Keynes, MK11 3LW, UK
UKHW020547230726
13925UKWH00006B/2433

9 782014 059564